Diseño de la colección: Carla López Bauer

Edición: Llanos de la Torre Verdú

© Del texto: Pepe Maestro
© De las ilustraciones: Adolfo Serra
© De esta edición: Editorial Luis Vives, 2011
   Carretera de Madrid, km 315,700
   50012 Zaragoza
   Teléfono: 913 344 883
   www.edelvives.es

ISBN: 978-84-263-8053-1
Depósito legal: Z-732-2011

Talleres Gráficos Edelvives (50012 Zaragoza)
Certificado ISO 9001
Impreso en España

COLECCIÓN
COLORÍN
COLORADO

Juan sin miedo

Texto
Pepe Maestro
Ilustración
Adolfo Serra

EDELVIVES

ÉRASE UNA VEZ

UN JOVEN, LLAMADO JUAN, QUE NO SABÍA
QUÉ ERA EL MIEDO.

NADA EN EL MUNDO LO ASUSTABA.

POR ESO, TODOS LO CONOCÍAN COMO JUAN SIN MIEDO.

SIEMPRE REPETÍA LA MISMA PREGUNTA:

–¡PAPÁ, PAPÁ!, ¿QUÉ SE SIENTE
CUANDO UNO TIENE MIEDO?

–PUES, HIJO, NOTAS ALGO PARECIDO A UN TEMBLOR
RECORRIÉNDOTE POR DENTRO...

–¡AH, COMO AL BAILAR...!

–¡DE NINGÚN MODO! EL MIEDO ES OTRA COSA.

PERO, POR MÁS QUE TRATABAN DE EXPLICÁRSELO,
JUAN NO LOGRABA HACERSE UNA IDEA.

UN BUEN DÍA, EL CHICO DECIDIÓ SALIR DE CASA
Y PROMETIÓ REGRESAR TAN SOLO DESPUÉS DE DESCUBRIR
QUÉ ERA EL MIEDO.

CAMINANDO, CAMINANDO, LLEGÓ HASTA EL LÍMITE
DE UN BOSQUE Y DECIDIÓ ADENTRARSE EN ÉL.

EN MITAD DE LO MÁS PROFUNDO DEL BOSQUE,
ALLÍ DONDE LOS ÁRBOLES SE RETORCÍAN,
APARECIÓ UNA BRUJA FEA, MALOLIENTE Y ARRUGADA.
LA BRUJA SE LE ACERCÓ DESPACIO, SEÑALÁNDOLO
CON SU DEDO HUESUDO MIENTRAS SE RELAMÍA.

—¡BUENAS NOCHES, ABUELA! —SALUDÓ JUAN—.
HUMMM..., ¿TENEMOS HAMBRE?

LA BRUJA, SORPRENDIDA POR SU REACCIÓN,
COMENZÓ A HACERLE GESTOS AMENAZADORES.

—¡ASÍ ME GUSTA, ABUELA!, QUE HAGA
UN POCO DE GIMNASIA ANTES DE DORMIR.

—¿ABUELA? ¿ACASO NO VES QUE SOY UNA BRUJA?

—LA VERDAD, NO HABÍA VISTO NINGUNA ANTES...
PERO, AHORA QUE LO DICE, SI TODAS TIENEN ESA CARA
DE HAMBRE, ESTÁN APAÑADAS. SIÉNTESE CONMIGO;
TODAVÍA ME QUEDA PAN Y ALGO PARA RELLENARLO.

LA BRUJA, DESPUÉS DE RECONOCER QUE EL BOCADILLO
ESTABA RIQUÍSIMO, SE MARCHÓ. JUAN, POR SU PARTE,
SIGUIÓ CAMINANDO EN BUSCA DEL MIEDO.

ASÍ, LLEGÓ A UN PUEBLO CUYO MONARCA
HABÍA PROMETIDO DAR A SU HIJA EN MATRIMONIO
A QUIEN TUVIERA EL VALOR DE PASAR TRES NOCHES
EN UN CASTILLO ENCANTADO.

JUAN SE PRESENTÓ ANTE EL REY Y LE DIJO:

—MAJESTAD, VOY A HABLARLE CLARO.

—TE ESCUCHO, JOVEN.

—SU HIJA NO ME INTERESA. YO LO QUE QUIERO
ES DESCUBRIR EL MIEDO. Y, SI USTED ME LO PERMITE,
PASARÉ LAS TRES NOCHES EN ESE CASTILLO.

EL REY, MUY SORPRENDIDO, LE DIO SU PERMISO
PARA INTENTARLO.

UNA VEZ EN EL CASTILLO, JUAN SINTIÓ HAMBRE
Y COMENZÓ A PREPARAR LA CENA.
ESTABA EN ELLO CUANDO EN LA ESCALERA APARECIÓ
UN FANTASMA QUE, CON VOZ DE FANTASMA, ULULABA:
    —UUUUUUU, UUUUUUU.

JUAN, NADA MÁS VERLO, EXCLAMÓ:

—¡VAYA, PERO SI ES EL MANTEL!

¡YA DECÍA YO QUE SE ME OLVIDABA ALGO!

Y, AGARRANDO AL FANTASMA, LO COLOCÓ EN LA MESA,
PUSO LOS PLATOS SOBRE ÉL Y EMPEZÓ A COMER.

EL FANTASMA NUNCA SE HABÍA VISTO EN TAL APRIETO
Y NO CESABA DE REPETIR:

—UUUUUUUU, UUUUUUU.

NADA MÁS RETIRAR LOS PLATOS, EL FANTASMA
DESAPARECIÓ AVERGONZADO.

NUNCA MÁS SE SUPO DE ÉL.

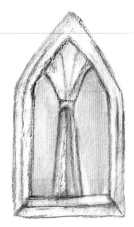

LA NOCHE SIGUIENTE, MIENTRAS JUAN JUGABA
SOLO A LAS CARTAS, ESCUCHÓ UN RUIDO.
AL DARSE LA VUELTA, UN ENORME LEÓN
LO MIRABA CON OJOS ARDIENTES.

—PERO ¡SERÁS GROSERO! ¿NO TE HAN DICHO NUNCA
QUE NO DEBES MIRAR LAS CARTAS SIN PERMISO?
¡AHORA APRENDERÁS...!

ANTES DE QUE EL LEÓN PUDIESE ABALANZARSE
SOBRE EL CHICO, JUAN, NI CORTO NI PEREZOSO, LE PROPINÓ
TAL PUÑETAZO QUE LO CONVIRTIÓ EN UN PEQUEÑO GATITO
QUE MAULLABA A SUS PIES.

—ASÍ ESTÁ MUCHO MEJOR. VEN, SUBE A LA MESA.
¡YA COMENZABA A ABURRIRME DE JUGAR YO SOLO!

JUAN Y EL GATO PASARON TODA LA NOCHE
ENZARZADOS EN UNA PARTIDA DE CARTAS.

CUANDO LLEGÓ LA TERCERA Y ÚLTIMA NOCHE,

JUAN SE PREGUNTABA:

—BUENO, A VER SI ESTA NOCHE LA PASO TRANQUILO

Y PUEDO DORMIR UN POCO...

ENTONCES, SE ESCUCHÓ UNA VOZ DESDE LO ALTO:

—¿CAIGO O NO CAIGO?

JUAN CONTESTÓ:

—¡CAE!

Y CAYERON DOS PIERNAS.

AL RATITO VOLVIÓ A OÍRSE:

—¿CAIGO O NO CAIGO?

—YA TE LO HE DICHO ANTES... ¡CAE!

Y CAYERON DOS BRAZOS.

AL RATITO, OTRA VEZ:

—¿CAIGO O NO CAIGO?

—PERO ¿TÚ CREES QUE PUEDO PASARME LA NOCHE
ESPERANDO? ¿ACASO EN ESTE CASTILLO NUNCA DORMÍS?

Y, DICIENDO ESTO, CAYÓ EL RESTO DEL CUERPO.

UNA VEZ QUE SE RECOMPUSO,

¡ERA EL REY EN PERSONA QUIEN ESTABA ALLÍ!

—GRACIAS, JUAN, POR SER TAN VALEROSO —DIJO
EL MONARCA—. HAS SIDO EL ÚNICO CAPAZ
DE ROMPER EL ENCANTAMIENTO QUE SUFRÍA.
AHORA, TE LO RUEGO, ACEPTA LA MANO DE MI HIJA.

JUAN, ALGO TRISTE PORQUE TAMPOCO EN AQUELLA OCASIÓN HABÍA LOGRADO SENTIR EL MIEDO, SE PUSO MUY CONTENTO AL VER LA HERMOSURA DE LA PRINCESA.

LOS PRÍNCIPES LLEVABAN YA UNA SEMANA CASADOS.
JUAN DORMÍA LA SIESTA A PIERNA SUELTA MIENTRAS
LA PRINCESA OBSERVABA LOS PECES DE COLORES
DE SU ACUARIO. DE REPENTE, ELLA AGARRÓ
LA PECERA Y SE LA VOLCÓ A JUAN EN LA CABEZA.
ESTE SE DESPERTÓ CON EL FRÍO DEL AGUA
Y LOS PECES SALTANDO SOBRE SU CARA.

—¡AHHH! —COMENZÓ A GRITAR—,
¡PERO ¿QUÉ ES ESTO?!, ¡¿QUÉ ES ESTO QUE SIENTO?!

Y LA PRINCESA, SONRIENTE, LE CONTESTÓ:

—ESTO, JUAN, ¡ES EL MIEDO!

Y COLORÍN COLORADO, ESTE CUENTO
SE HA ACABADO.